丰山集

武风／著

安徽师范大学出版社
ANHUI NORMAL UNIVERSITY PRESS
·芜湖·

图书在版编目(CIP)数据

丰山集 / 武风著. -- 芜湖 : 安徽师范大学出版社,

2025. 1. -- ISBN 978-7-5676-6922-2

Ⅰ. I227;I207.22

中国国家版本馆CIP数据核字第2024R9S763号

丰山集 武风◎著

FENGSHAN JI

责任编辑: 李克非 责任校对: 胡志恒

装帧设计: 王晴晴 陈 耀 责任印制: 桑国磊

出版发行: 安徽师范大学出版社

芜湖市北京中路2号安徽师范大学赭山校区

邮政编码:241000

网 址: https://press.ahnu.edu.cn

发 行 部: 0553-3883578 5910327 5910310(传真)

印 刷: 安徽联众印刷有限公司

版 次: 2025年1月第1版

印 次: 2025年1月第1次印刷

规 格: 880 mm × 1230 mm 1/32

印 张: 3.875 插页:2

字 数: 87千字

书 号: 978-7-5676-6922-2

定 价: 28.00元

丰山集

赵淑萍（作者母亲）题写

我每次回家乡
也会到丰山脚下转转
看看它是否依然丰美
捡两块稍规整些的瓦片留作记忆
毕竟
我是丰山后人

目　录

丰山，在明清《宿州志》中是被提及多次的山脉。

丰山，位于埇桥区夹沟镇北十里处。丰山脚下有马皇后故里，徐园芳树古遗址，永乐皇帝屯兵的遗址——皇殿湖，这些景点都有着明代文化的特征，富有史料性、故事性，并能给人以遐想。

佳音三首·其一

悄然窗外散霖霖，
细雨生衣润草心。
早起杏花开满地，
暖风拂面有佳音。

诗笺：

春天，如期地来了。

又是一年新春佳节。

如今过年，不比往年了，看重的仅剩有同长辈亲近、家族团聚的时刻，亲戚们在年关前后走动走动，顺便也介绍后辈们相互认识一下，清楚各自在家族中的位置，算是一种传承。年前，我也照例回乡祭祖，家乡的田野好似变化并不大，登高望远，心情却一年比一年复杂了些。一同回乡的女儿，在爬山时不小心被野山枣的刺扎了一下，自顾自地反复看自己的手指头，我则问她：马上就到爷爷的坟了，还记得你爷爷的模样吗？你爷爷离开我们的时候，你是上小学六年级吧？佳音只是点了点头，那是六一儿童节放假的前一天，她肯定记得。佳音说，就是……爷爷的模样好像有点模糊了，他走的时候，我还小，现在我都长大了。

十年过去了，父亲一直安睡在老家西边楼山的东面半山腰处，成片的松林还挂着松果，有松涛阵阵的肃穆感。我们也只是在特殊的日子，才来这里一趟，有一刻，我也问自己：我还记得我爷爷奶奶的模样吗？父亲此刻就紧挨在他们旁边，奶奶走的时候，我也刚上初中。

每次回老家，我的出生地，那个叫前旺或前岗子的小山村，给我留下深刻印象的还是老家大门楼子两边的雕花石飞檐，以及堂屋门口那条早已不再平坦的石板路，这里，留下过我磕磕绊绊的孩童时光。那刻进石飞檐里的花纹，代表着一种对美好生活的期许，希望一代比一代更好。前辈们把我们带到这个世上并送了一程，随着时间的流逝，他们的模样渐渐地淡了，我们也只能从他们留下的只言片语里再感悟出他们曾经的心情——如果，他们还曾经留下过一些。可惜，能留下些文字或作品的前辈少之又少，大多数都会在他们逝去几年后模样儿被遗忘，甚至，永远地遗忘……他们连片纸的东西都未曾留下过，还好，还有他们曾走过的来来往往的故乡路。

都说，字如其人，文如其人。首先，你自己要把自己定义为一个有责任感的人，一个希望将来能在后人心中有模有样的人。

下山时，佳音说，她从我的文字里能读出爷爷的模样，她回忆起了爷爷送她上学、接她放学、辅导她作业、塞给她零花钱，还曾无数次地抱过她……是的，佳音至今还佩戴着的那块白玉小鸟就是她爷爷送她的。后辈的幸福，又何尝不是对前人的最好怀念。

又一个春天来了，细雨润无声，麦苗待萌发，一切都又是新的开始。

暖风拂面有佳音。

佳音三首·其二

一碧方塘雨后寻，
微风过夏递佳音。
蜻蜓轻点新蛙闹，
欲跃莲台论古今。

佳音三首·其三

风恋菁菁美少年，
当初切切手儿牵。
凭窗品读谁为伴，
闲折纸鸢飞向天。

诗笺：

陪伴是最长情的，等待是最漫长的，也是最幸福的。

记得当时，女儿佳音系着红领巾去上学或课余去学乐器、学舞蹈、学写作，抑或是同小伙伴一起玩密室逃脱游戏，我都会去接她。会提前半个小时左右在外面等着，离得不能太远也不能太近，她出来时刚刚能看到就好。每次等待时，总会有发广告宣传单的过来，递过来几张单页，大都是彩色的，房产售楼和各种课外培训班的居多，纸张也很是光亮厚实。简单浏览一下，舍不得丢弃，就顺手折成纸飞机，一个、两个、三个……等接到佳音后，递给她。起初，她总是兴奋地抢过去，朝纸飞机深哈一口气，然后，奋力抛向空中。后来，渐渐习惯了，就只是很礼貌地笑笑接过去，内心可能是两个字：幼稚。

不管怎样，我都会在等待中坚持折纸飞机，然后，送给她。

一转眼，就是十年，也叠了数不清的纸飞机。

多年后，她可能不会记得太多我们父女之间的点点滴滴，但她一定不会忘记：爸爸曾给她叠过的无数个纸飞机和那个飞的梦。

闲折纸鸢飞向天。

问燕归三首·其一

雨打窗棂湿早晖，
鹅黄细柳逐风飞。
去冬那夜飘零雪，
南徙燕呀几度归。

问燕归三首·其二

风乱雨珠崩瓦飞，
一枝红萼探门扉。
试询寒食清明夜，
千里烟云燕可归。

问燕归三首·其三

双双燕子逐风飞，
白露离开春又归。
细雨衔泥添一梦，
莺黄小嘴唤朝晖。

庚子伤春

昨夜江风寄雨来，
咕咕鸠鸽入高斋。
久居不解四时景，
一树樱花撞我怀。

无 题

无意夺春光，
弯枝入画框。
少年多好色，
难写一城香。

萱花椿树

萱花椿树薄荷凉，
归燕衔泥筑旧堂。
细雨湿帘娘总问，
吾儿可念水莼香。

诗笺：

萱草花又叫母亲花。

萱草，又称金针，既可入药也可做菜肴，我们老家叫它黄花菜。萱草开花，橘红或橘黄色，很好看。

萱花椿树，萱花指母，椿树指父，明汤显祖《牡丹亭·训女》有："祝萱花椿树，虽则是子生迟暮，守得见这蟠桃熟。"

小时候，在老家农村乡野随处可见的香椿头、野荠菜和野薄荷都可以食用，嫩香椿芽拌豆腐，野荠菜包饺子尤其味美，野薄荷用盐稍微腌制后也可以吃，特别清凉开胃，只是，口味有些偏重。父亲特别喜欢吃腌制的野薄荷，母亲每每看到村头沟边或路沿有野薄荷，就会掐些带回来，我和哥哥也就从小跟着父亲一起喜欢吃野薄荷。

从前，农村餐桌上的菜品不丰富，母亲对家乡的各种野菜都很熟悉，也都会调拌、腌制或烹饪一些，作为家庭调剂口味的补充。莼菜，倒是有点特别，水生，像小睡莲，叶子用开水冲一下即可食，滑嫩可口。皖北和苏北的沟塘边都有，我们老家也只在靠近江苏的周边乡镇多些，不常能吃到，有点稀罕。

又是一个吃野菜的季节，口味，就是一个人的乡愁。

清明前过皖南灵山奇峰村访友

明前访友过奇峰，
村北公孙伴古松。
云卷云舒往来客，
汪家依旧做茶农。

辛丑清明前再赴巢湖

山北有莺鸣，
巢南闻雨声。
儿童争折柳，
知是近清明。

清明三首·其一

那风那雨那山沟，
一树杏花吹满头。
轻拂新衫恐惊鸟，
青枝独恋不依楼。

清明三首·其二

春入丰山百里霞，
杏林深处荠初花。
晚风轻剪炊烟断，
小子争持到谁家。

诗笺：

清明前，回老家祭扫，祖坟在半山腰处，踩着乱石而上，杏树、桃树和野山枣漫山遍野，身旁野花迷眼、露水沾衣。

小的时候，常听老家上了年纪的人讲一些久远的事，不知道是真是假，有点像是故事抑或传说。长大后，会翻阅相关书籍来求证，然后，再实地走一走，过去在这片故土上发生的一件件往事、走过的一个个故人就会重新浮现在眼前，真实了许多。比如，老家“丰山徐王”的故事。

老家这个小山村，四面环山，山不太高，山上的树也不多。我小的时候，虽有京沪铁路从村旁而过，但还是相对闭塞些，算是一个比较贫困的地方，却叫了“旺庄”这个名字。当年，村子里还有一个后花园，园子里有硕大的奇花异草，还有玲珑剔透的太湖石、残缺的汉白玉雕件等，这些都和当年皖北这个贫瘠的小山村格格不入。多年以后，在整理父亲遗物时，发现他有枚自制的印章，刊刻“丰山樵民”。丰山，在老家旺庄南三公里处，据县志记载，徐王马公排行二，逸其名，宿县北闵贤集西旺庄人。参加郭子兴红巾军，后病死。郭子兴收其女为养女，后许配朱元璋为妻，就是后来的马秀英皇后。洪武二年，追封马公为徐王。洪武四年，在宿州立庙。徐王马公无后，托与表亲武忠，命奉祀徐王。这些简短的记载，至少说明了老人们给我讲述的故事是确有真实的人和事，也知道了老家曾经有徐王墓，以及旺庄武姓人家曾受前朝庇佑，间接号称“皇亲”。徐王墓当年是什么规模？明代尚书李化成有诗云：松杉十里卷秋涛，山势重围碧殿高。霜露满庭深院闭，居人指点说先朝。清代宿州学训李心锐也有诗：寝殿巍然在，园高树树芳。恩波缘马后，汤沐赠徐王。竹影摇风翠，松花带雨香。符离谁吊古，墓上几斜阳。“徐园芳树”是古宿州八景之一。

如今，在丰山脚下寻找，还能见到一些残垣断壁，毁坏掉的赑屃残骸、明清时期的破砖烂瓦随处可见。我每次回家乡，也会到丰山脚下转转，看看它是否依然丰美，捡两块稍规整些的瓦片留作纪念。

毕竟，我是丰山后人。

清明三首·其三

汴上依依柳带黄，
清明荒野遍离觞。
盘中饺馅无新绿，
荠菜花开才念娘。

景德镇寻瓷

为寻茶器到瓷乡，
雨后青花釉里藏。
移步昌江多醉意，
新都原本叫浮梁。

杂花生树

生树杂花园有丁，
小池清水一蜻蜓。
涟涟遥映长空里，
你是澄明那颗星。

咏 竹

高翠枝头落小莺，
莺飞风起散沙声。
平生惟愿顶天立，
只为佳人伴笛笙。

小　满

荷发蜻蜓懒，
榴红新麦暖。
悠悠日子长，
小满自舒坦。

忆父亲

曾也富安曾也贫，
丰山走出举人身。
平生忠厚清双袖，
一树梅花不染尘。

诗笺：

父亲离开已经十年了，很想他。

想起他，就会念起家乡那个小山村的一草一木，父亲去世后，遵照他的遗愿，送他回到了老家，回到我爷爷奶奶的身边，父亲是他们唯一的儿子。山上的风景也很美，这个季节，杏、桃和各种野山果挂满枝头，麦子也成熟了。

丰山，家乡南边的一座小山，朱元璋的马秀英皇后就出生在丰山脚下的新丰里村，马皇后的父亲被追封为徐王，徐王墓在丰山东南。我们这一支武姓的堂号叫“丰山堂”。

父亲是20世纪40年代生人，祖辈的荫佑使他成为从那个小山村里走出的第一批大学生，1966年父亲从安徽大学物理系毕业，后来，为官一方。父亲去世，挽联书：“一生忠厚为人正直传美誉，两袖清风办事秉公励后人。”

父亲喜爱梅花，书斋曰“问梅斋”。走进父亲的书房，满满几书架的书竟没有父亲的作品，能找到的只有他的工作笔记和一些他整理的零星资料。这几年，我写了一些诗词和杂文，特意把写故乡、故人的诗句及小文整理成册，就有了这本丰山集。

谨以此笺，献给父亲。

埇上芒种有寄

埇上麦黄坡下杏，
声声布谷山村静。
又逢芒种需躬身，
有寄明朝新素景。

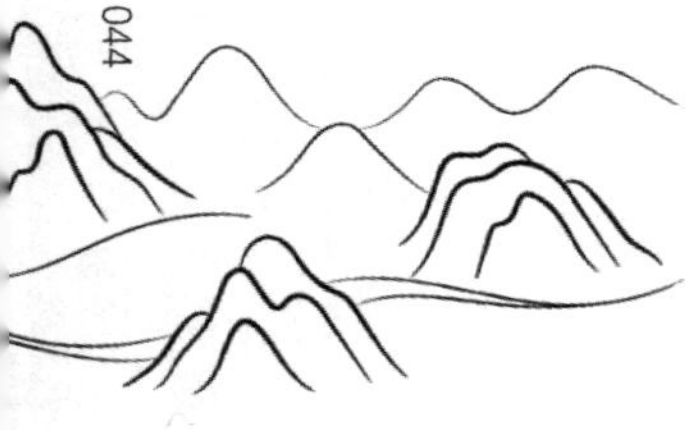

端午回旺村

重五回旺村，
榴花依旧门。
子规含血唱，
浅土已留痕。

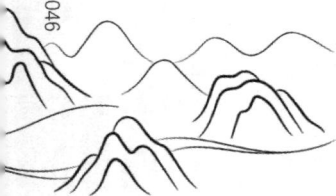

夏日听蝉

夏蝉独唱在高空，
云动新梢柳欲风。
坐起循声无觅处，
恍然依树找儿童。

诗笺：

夏至已过，小暑日，蝉鸣不止。

老家称蝉未脱壳前的幼虫为知了猴，小时候，傍晚，拿着装有两节干电池的手电筒就去村头的小树林里，捉刚钻出土正顺着树干往上爬的知了猴。用玻璃瓶或塑料袋装着，半夜回来后，交给母亲，稍微腌制后，用铁鏊子熥干最香。

盛夏的午后，脱了壳的蝉，疯狂鸣叫。我们就用一根长长的马尾毛打成活套，绑在细细的竹竿梢上，来套知了。用椿树上流出的黏汁来粘知了，亦可。

如今，再循声抬眼去寻找鸣蝉，露水已不再甘甜，鸣叫也似有些声嘶无奈。蝉的一生，蛰伏十数载，奋力钻出地面，脱去皮壳，可以畅快鸣叫的日子也仅仅几十天。

纵使三天成绝唱，身披金甲不还童。

蜀山听琴

蜀山幽鸟鸣，
和我素琴声。
落雁问流水，
衔枝可入城。

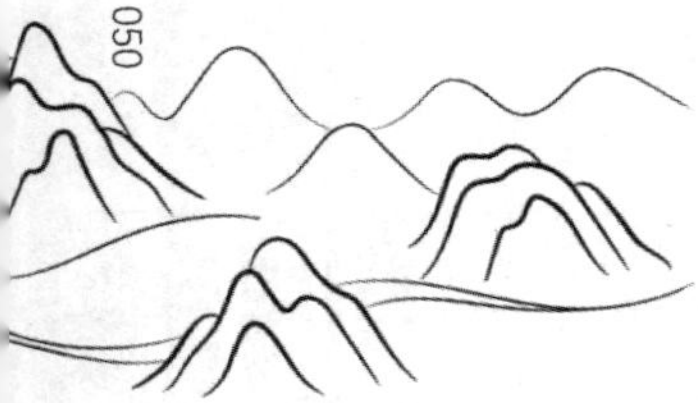

七　夕

澹澹银河路几程，
繁星点点映窗明。
今宵七七鹊桥会，
织布牵牛过一生。

诗笺：

七夕节，是传统的节日。传说，这一天，牛郎和织女会在天上的银河见面，一年仅此一次。

蔚蓝而深邃的星空，总是令人有无限遐想。

2006年，我到北京工作的第二年，女儿佳音刚上幼儿园，我特意去北京天文馆，买了一架天文望远镜，为让她能尽早仰望星空。天不随人愿，佳音似乎对看星星兴趣不是很大，后来，我就把天文望远镜放到了老家的父母家里。

多年后的又一个七夕前夕，天气渐凉，打算重新把天文望远镜找出来组装一下，试试能否看到天上的织女和牛郎。小时候，也曾在葡萄架下，试图偷听他们悄悄说情话，这都是从老辈人那里听到的故事，好像也只听到蝉鸣和蟋蟀的叫声，并没有看到传说中的景象。这次，还想再尝试一下，就翻箱倒柜地找了半天，天文望远镜始终没能找到。母亲对很多事情都不上心，天文望远镜肯定也不知道被她放到哪里了，她是应该早就忘了这事的，她连我和哥哥姐姐三人的生日都没一个记得清的。

墙上，家庭相框里，有父母亲当年的结婚照，佳音总说，我和她爷爷年轻时几乎一模一样。父亲和母亲是高中同学，父亲考上了大学，母亲高中毕业后听从外公的建议回家当了一名乡村小学教师。母亲说，在一个风雨交加的日子，她独自一人拎着一个白蜡条编的箱子，里面就装着几件她平时穿的衣服，步行五个多小时来到了父亲家。进村时，天都黑了，母亲失去了方向感，至今，只要走进我们老家那个小山村，她就会迷失方向。母亲就这样迷迷糊糊地跟着父亲过了一辈子，父亲上大学，她就到了父亲家；父亲在外地工作，她一边当老师一边带着我们兄妹三人；父亲从外地调到家乡所在的城市，她又把我们都带过去到城里读书。在我的印象里，母亲从未出过远门，也从未生病住过医院，父亲和我们三个孩子的吃喝拉撒、洗洗涮涮，一天都离不开她。母亲这一辈子只顾低头生活，从未仰望过星空。直到有一天，母亲突然脑部出血，经过手术才转危为安，从那以后，她步履变得缓慢了，一下子就老了。

今年，母亲已经八十岁了，我问母亲：真的就没想过到外面走走看看，没想过更美好的前程吗？

母亲说：天上的都是传说，眼前的才是生活。

中 秋

最喜佳期是仲秋，
染霜红柿抉红榴。
一轮圆月高高挂，
偷眼嫦娥满脸羞。

诗笺：

中秋回家，见到了姑姑一家，姑姑家就住在离老家不远的胡庄村。

姑姑比我父亲小八岁，今年也七十三了，听姑姑讲，她和我父亲都算命硬的，是奶奶多个孩子中最终坚强活下来的一双。父亲出生前，爷爷奶奶有过几个孩子，都夭折了，因此，父亲出生后，就没敢再喊我爷爷奶奶一声“爹娘”，而是以“叔叔婶婶”称呼。老家的人都知道，父亲是认了西山上的一块大石头做的“爹娘”，希望命能硬得像石头，健康地活下来。

如今，父亲就葬在西山的半山腰处，与爷爷奶奶相依，俯视山下，秋草离离，沃野一片。这两天，时雨时晴，老家的空气格外清新，有泥土的气息，我和哥哥又陪同姑姑来看爷爷奶奶和父亲了。上山的路上，偶有野花野草垂手可抚，姑姑边走边跟我说，我到合肥、天津和北京工作及生活的每一步，奶奶都曾托梦给她，在她们心中，我从未走远过。

我和哥哥姐姐三人都是姑姑帮着带大的，那时候，父亲还在外地工作，母亲是乡村的小学老师，比较忙。姑姑还没出嫁，就帮奶奶一起来照顾一大家子的吃吃喝喝、缝缝补补。父亲是大学生，姑姑则没上过一天学，关于这事，我也问过姑姑，姑姑只是轻描淡写地说，那时候的女孩子家都不上学，早晚要嫁人的。等到我和哥哥姐姐大了些，姑姑也出嫁了，婆家离我们老家有十多里地，不算远。每到暑假，我们都会到姑姑家走亲戚，过上十天半个月的，姑姑也总会给我们置办一身新衣服，再给点零花钱，那是儿时最幸福的记忆。

姑姑和姑父在农村生活了一辈子，我至今都不明白，父亲为啥没把唯一的妹妹一起带到城里去生活。当年，父亲在老家那个县城，也算是做了不小的官。我问过母亲，母亲说，你父亲总说：他们俩都不识字，进城能干什么？在农村过，不挺好吗？我也问过姑姑，姑姑总是笑笑，她怎么能埋怨唯一的哥哥呢！如今，看着姑姑也渐渐老了，一家人过得很好，我稍稍有些释然了。

亲情在，就是幸福的一辈子。

下山时，姑姑随手给我和哥哥摘了几颗野山枣，红彤彤，特甜。

致青春

不顾世人留发长，
还曾诘责叹河殇。
青春击水经年后，
一座闲兄话酒香。

记者十年

十年记者访千家，
曾也殷勤万朵花。
红叶似笺风满地，
吟诗把酒品闲茶。

诗笺：

11月8日，是记者节。

我的记者生涯从有第一个记者节的2000年就开始了，是从老家宿州电视台起步的，工作的第二年，我创办了民生类电视节目《宿州播报》，尝试着用轻松活泼的方式来报道身边的人和事，后来，改名为《直播宿州》。2003年11月3日，不安于现状的我参加了安徽省会城市合肥电视台的招聘，与三十多位来自全省各地的媒体人一起参与新开播的栏目《直播合肥》。省会城市做电视节目总是很尴尬，有区位优势但无覆盖面资源，影响力无法传播更远。一年后，我就离开了，下一站，是天津卫视。

我到天津的那一天，天津下了2004年的第一场雪，满街的红色和黄色夏利面包车的士在雪中缓行，很惹眼。去天津卫视，是源于我的一个电视访谈类节目的创意，打动了当时天津电视台新闻专题部的侯主任，他向我发出了工作的邀请。在天津的半年多时间里，我参与策划并采访制作了大型电视节目《永远记住——天津解放56周年特别节目》，也是凭借此节目，我有了更大胆的想法，对近在咫尺的北京，对中央电视台，有了遐想。

2005年3月30日，我到了北京，走进CCTV-7的大门。在京的几位高中同学前来给我接风，我把从天津背来的衣物放下，就在友谊宾馆对面巷子里的九头鹰餐馆喝起了家乡的口子酒，真是感慨良多。毕竟，为了新闻理想，已辗转了好几个城市，也该稳定下来了。就这样，在北京、在央视一干就又是六年多。记者十年，经历过抗洪、雪灾、非典、汶川地震、北京奥运、玉树地震、上海世博会等这些大事件，我都曾亲赴一线采访报道过，这些给亲历者、参与者带来什么样的影响？只有身在其中的人，才能理解得最为透彻。多年后，当初的欣喜、兴奋或畏惧、焦虑都已经过去了，迎接我们的永远是更美好的未来。过去的都已经翻过去了，那一个个曾经无惧和火热的年华。记者十年，经历过许多事也接触过很多人，我都记得你们，每当太阳升起时，希望我们彼此温暖。

2011年5月4日，我从北京回到安徽，又到了合肥，开始了专心陪女儿读书的生涯，顺便做了点与文化艺术有关的事，一晃，又过了十多年。

十年，真的不能算一个很短的时间段，其中，有太多的故事、成长和感动。我的人生似乎就是以十年为节点而设置的，你看：十年农村生活，十年城市求学，记者十年，陪读十年……

我不是很确定，是否还有另一个不一样的十年？如果有，我希望是艺术十年。

秋日三首·其一

山深无觅处，
秋草正逍遥。
忽尔白云过，
含颦各自骄。

秋日三首·其二

午后抚瑶琴，
梓桐流泛音。
泠泠秋切切，
青色已难寻。

秋日三首·其三

昨夜秋风过，
小池听晚荷。
已无擎雨盖，
雨打藕塘多。

秋　蝉

秋蝉竟自上高空，
一叶添凉树驭风。
纵使三天成绝唱，
身披金甲不还童。

秋兴三首·其一

借场秋雨洗梧桐，
残叶层层盖草虫。
不想再听啾唧闹，
明朝丹鸟落村东。

诗笺：

立秋日，早晚已有些凉意了。

“洗梧桐”是一个典故。元四家之一的倪瓒，相传有洁癖，一天晚上，听到客人在室外咳嗽，倪瓒猜想客人一定是朝院子里的梧桐树上吐痰了。次日，就让家人用水把梧桐树洗了又洗，擦了又擦。由于反复擦洗，树皮都洗烂了，最终，梧桐树慢慢枯死了。后来，“洗梧桐”成为文人雅士洁身自好的象征。

提到梧桐树，就想起老家，特别是老家梧桐花开的季节。梧桐的花，浅紫颜色，如风铃般在风中摇曳，有落到地上的，还含着露水，仿佛带有甜甜的味道。还真好奇地尝过花里的露水，确是甘甜的，蜜水一样，还偶有嘴馋的小虫子不慎落入其中。

老家的房前屋后都栽种着梧桐树，等家里的女孩子出嫁时，用桐木做八件套嫁妆是很好的，轻巧且实用。儿时，我常和同村的小伙伴在院子里玩，梧桐树那宽大的叶子也能为我们遮阴挡雨，使童年更无忧无虑，快乐极了。

老人们常说：家有梧桐树，自有凤凰来。真的很想念，儿时那些梧桐花开的时节。

秋兴三首·其二

秋风掠过汴河西，
北望秦山路未迷。
野径遇花花不语，
隋堤无柳乱莺啼。

诗笺：

老家曾被称为“南宿州（谐音南徐州）”，是相对江苏的徐州来说的。徐州是交通要塞，自古有名，相比之下离徐州不过几十公里的宿州，名气就差太多了。从宿州去徐州，一般只有走206国道或者京沪线。前几年，宿州与徐州之间又开通了一条观光大道，叫符离大道。这条穿山跨河的新路，正好从我老家西边的秦山寺村穿过，路西边是寺庙，路东边是秦山水库。假期里，开车来回走了几趟，沿途，还真有不少风光景致，符离集白居易故居、大五柳仙境、大明马皇后故里、距今已有8000年的小山口新石器文化遗迹，以及皇藏峪，等等。

当然，还有新汴河，算是宿州的母亲河了，新汴河属于通济渠的一部分，通济渠则又属于隋唐大运河的一部分。

历史的长河奔流不息，演绎了一段段悲喜故事。在宿州，在皖北大地，一位美国女子赛珍珠在这里曾生活过几年，并以此地发生的人和事为蓝本，创作小说《大地》，获得了1938年的诺贝尔文学奖。如今，在宿州城区大河南街的东头，有座福音堂，赛珍珠就曾在那里居住过。这条街的西头有埇桥遗址和宋河道码头遗址，都是全国重点文物保护单位京杭大运河的几个节点。我上小学和中学阶段，也曾在大河南街住过四年，就在离福音堂西有500多米的党校院内。那时候，也偶尔去福音堂去玩，听戴牧师介绍说，1918年，二十多岁的赛珍珠和丈夫农业博士布克一起随美国传教会来到宿州，起初就住在一栋供牧师居住的典型北方四合院内。当年，教会在宿州相继创办了福音堂、民爱医院、启秀小学和民事部。民爱医院后来发展成了宿州市立医院，医院至今还有一栋唯一保留下来的雅致二层砖木结构小洋楼，现为赛珍珠旧居纪念馆。父亲曾在该医院主持工作两三年，也在这个小楼里办公，我走进过一次，内部是纯木质结构，上楼下楼，楼板是咯咯作响，很有年代感。

翻开《大地》这本小说，它讲述的是中国农民王龙和妻子阿兰凭借勤劳和坚韧与贫穷和天灾做斗争，从赤贫慢慢变富裕的故事。历经种种磨难的王龙最终认识到一个和谐、健康家庭的重要性，并愈加珍惜身边的这片土地。小说以阿兰的死结尾，临终前，阿兰再三叮嘱王龙一定要热爱土地。王龙则深情地说：你就是土地。

我一直在做"口述历史"这样一个文化项目，其实，就是基于对过往的尊重：你的讲述，就是历史。怀念一片土地，就是怀念在那片土地上生活过的人和事，有那样一条不息的河和一座不屈的山，曾孕育着我们。

秋兴三首·其三

风裹芦花落北亭，
秋虫乱语小溪听。
俯身轻掬清清饮，
半醉依栏数七星。

诗笺：

北亭，小时候家乡秦山水库北岸边上的一座小茅亭，是用山上的离草覆的顶。水库，则是小时候和小伙伴们一同经常去游泳顺便捉鱼摸虾的地方。北亭，就成了我们临时晾晒湿衣裤和歇脚的地方。

我上小学四年级的那个暑假，照例拿着搪瓷盆带着塑料膜和半块馒头去水库抓鱼，把塑料膜蒙在搪瓷盆口，用绳子扎紧撑平，在中央剪出一个方形小口，把馒头掰碎放入盆里，然后，把盆灌满水放到水库较浅处。不一会儿，盆里就钻进了好多小鱼，我们称之为白条子，一拃多长，大约有十多条，我兴奋地飞奔过去，只想着尽快把盆端出。不小心，右脚掌卡进了砌水库石板的缝隙里，用力地拔出，脚面上有一块肉被锋利的石板割去，血流不止。后来，应该是同村的一位年龄相仿在水库洗澡的小伙伴把我背回了家。我还记得，由于血流不止，为止血，是借的在水库旁割草的住在村南头、低我一届的一个小女孩的花手帕包扎的伤口，至于，手帕后来还没还给人家，我已经记不清了，但我一直在心里感谢她，即使，现在已经想不起她的名字了。

有山有水有亭子，乡村就有了灵性。在水库和北亭周边，还发生过很多我儿时难忘的事，北亭东边有桃园、南面有梨园、西边有樱桃园，偷吃是肯定有的，被看果园大爷追赶也是必然的……不知什么时候，亭子突然就没有了，好像是为了修路，走在水库大坝上，连个歇脚的地方也没了。这几年，我偶尔回老家，也会到水库大坝上走走，也会想起那个曾经的小茅亭——北亭。

走得久了，走得远了，总要停下脚步稍作停留，人生不应太匆匆。

习书有感

孤灯孑影乱涂鸦，
墨点鹅池起浪花。
唯愿愚心能渐悟，
砚边试纸有诗家。

诗笺：

老家称写书法为写毛笔大字，我对写毛笔字的最初记忆，还是小时候每逢年关，看父亲帮乡亲们写春联。

20世纪七八十年代，农村识字的人不多，那时候写信都要请人代写，会写毛笔字的就更少了。父亲是20世纪60年代的大学生，毕业后被分配到城里工作，每到临近过年，半个村子乡亲们的春联都等着父亲回家来写。那时，我还在老家上小学，也认识一些字和春联的基本格式，什么双扇门的双门芯和对联；单扇门用的单门芯；床头要贴

“身体健康”；门口贴的“出门见喜”；就连牲口的料槽上都要贴“槽头兴旺”。当然，最多的还是写“福”字。这些都要根据每家的实际需求，裁成不同规格的红纸，我就负责把纸裁好，父亲一幅幅去写。写春联的纸也都是各家送来的，偶尔能剩下些纸头，我也会拿起笔来乱写两下。

我真正写毛笔字，已经是很晚的事了。一直很喜欢传统的诗书画印，总觉得，用毛笔写出一幅字，然后落上自己名字的那一刻，才能让我和所谓文化稍稍沾点边。我名字是上学时父亲给起的，可能是姓名中自带侠气的缘故，很多人认为“武风”这名字应该是我当记者期间用的笔名，其实，是本名。为何要用这个“风”字，而非丰收的“丰”，山峰的“峰”，抑或枫叶的“枫”呢？为此事，我曾专门问过父亲：“您给我当初起名中用这个‘风’字，是让我‘虎虎生风’或者‘雄风’吗？”父亲说：“风者，民间歌谣之诗也。诗经不是分为风、雅、颂吗？”

是的，长大后慢慢读了一些经典书籍，似乎也懂了，也渐渐喜欢上了传统文化中的诗词书画。但是，还是为名字中没有体现辈分而遗憾，我是“以”字辈，如果把辈分加上，全名应该叫武以风。为补之，就有了后来的配字“以贤”。我的出生地在闵贤乡，是闵子骞故里，二十四孝中“鞭打芦花”的故事就发生在那里，被历代传颂，宿州也被称为“孝贤故里”。

后来，在整理父亲遗物时，偶然发现父亲曾自学过篆刻，还自制过一方印，印文“丰山樵民”，我一直珍藏着。为此，我也常常称自己为“丰山后人”。

这些，就是我的名、字、别署的大概由来。而这一切，都与写毛笔字有关，文字是根。

水墨兰竹

轻点轻恬墨半池，
幽兰数发竹生姿。
暗香处处拂人面，
自在高山得意之。

水墨黄山

皴擦点勾三座峰，
烟云绕过万株松。
随风泼墨宕胸臆，
日出黄山一画逢。

柏龙华先生八十有寄

戏浓淡写梦中缠，
绘就人间百态篇。
试问杖朝之岁后，
还能无法亦无天。

诗笺：

应该是在2015年10月初，认识柏龙华先生的，当天，他拿出朋友为他定制的华子酒招待我和章勇先生，酒是酱香型的，高度酒，我不太适应，大概喝了不到三两就有醉意了，当场确定了一个月后在苏州为柏老办画展的事。

2015年11月8日，“梨园客——柏龙华美术作品展”在苏州开展，这也是我与柏老的初次合作。真的被柏老独特而又有新意的戏剧绘画作品所吸引，生旦净末丑、唱念做打都是那么动人，真是：西法绘戏曲艺界凤毛麟角，彩墨写脸谱画坛寡人孤家。接着，2015年12月7日和2016年1月1日，柏老又相继在重庆的巫山和天津的张大千艺术馆举办个展。柏老说，他就是想用作品说话，跟大家来交流交流。柏老的作品确实是会说话的，国粹戏曲的题材，加上他那独创的技法，让作品所呈现出的绘画语言更具魅力。接着，柏老又在香港饶宗颐文化馆和浙江图书馆举办个展，柏老总说：时间不多了，活着就是胜利，画画就是游戏，要跟大家多多交流。

柏龙华先生是1939年生，安徽芜湖人，1961年毕业于安徽艺术学院美术系，从事美术创作60多年，在水彩、水粉、油画戏剧人物画与水墨意象京剧脸谱画上获得成功，被誉为“当今水彩画戏第一人”，与关良、马得、韩羽并称为“当代戏画四大家”，他的传统戏剧意象彩墨系列，则更具有开创性。

后来，我又去芜湖柏老家拜访过几次，柏老的画室就像一个实验室，各种画笔、纸帛画材和中西颜料都有，柏老说，他就想画出点特别的趣味来，这不容易，要不停地尝试。柏老给我写过四个字：相见不晚。是的，能相见就不晚。

一转眼，认识柏龙华先生都九年多了。

庚子重阳泾溪游二首·其一

泾川访友泛江游，
忽尔捶衣声动舟。
谁解青丝照秋水，
晚归白鹭碰簪头。

庚子重阳泾溪游二首·其二

水西钟梵唤孤雕，
青弋江东塔影摇。
霜降明天逢九九，
登高近听竹萧萧。

诗笺：

庚子霜降后一日，重阳前一天，秋清谷收，与友一行十多人赴皖南泾川游玩。青弋江畔，有水西宝胜寺，建于唐；不远，有大观、小方双塔，筑于宋。登高，聆古寺梵音，眺竹影婆娑。

我担任馆长的吴作人美术馆就坐落在宣城，泾县隶属宣城，数次到泾溪，大都是陪朋友了解宣纸的制作和宣笔、宣砚的采购等。今又逢重阳，再临泾川，与友人租一小舟，顺流青弋江，水不急不缓，远听竹林涛涛，近抚溪水潺潺，有小鱼顶流窜动。分叉河口，偶有捶衣姑娘，星罗溪边，木槌隔衣敲打石，声音此起彼伏，惊出许多小鱼来。凑近问姑娘：“为何在溪水里洗衣？ 水不凉吗？”姑娘反问：“你们都在哪里洗衣？ ”我竟无言，洗衣不就应该在溪边或水塘边吗？

小舟继续缓行，东边的幕溪河水更清，有群群白鹭飞过，偶尔，与姑娘们擦肩。傍晚，又行至后山村，炊烟袅袅，偶有孤鹰在空中盘旋。

晚归白鹭碰篱头。

登涉故台有感

士卒戍边风雨寒，
陈胜吴广手擎天。
茫茫大泽惊雷动，
孤耸阿房化作烟。

诗笺：

家乡安徽宿州，简称“蕲”，也称蕲城。在宿州城南22公里处，就是发生过第一次农民大起义的地方——蕲县大泽乡，当年有高高城墙的蕲县，如今只是一个镇，叫蕲县镇；大泽乡也是一个镇，叫大泽乡镇。

走近大泽乡，当年起义军盟誓的土台还在，台上很平整，东南方有口井，整个盟台虽有些简陋甚至荒凉，但那股精气神和肃穆感一直都在，一株柘龙树从故台边努力伸出，枝干疙疙瘩瘩、遒劲沧桑，如钢似铁。

涉故台前矗立着一座起义纪念碑，是当年父亲任宿县县委宣传部部长时，为纪念起义2200周年所立，当时还修建了鸿鹄苑和碑林。走近，“燕雀安知鸿鹄之志”“王侯将相宁有种乎”的呐喊声仍依稀飘荡在空旷的芦苇荡上空。

当年，还发行了纪念邮票，拍摄了电视剧《陈胜王》。我还记得，宿州当地的作家和艺术家们都聚在我家，讨论《大泽惊雷》剧本和邮票、雕像的设计稿的情景，那年，我上初中二年级。

归乡三首·其一

霜降擒山去，
寥寥一远侣。
乡音依旧浓，
喋喋无归处。

诗笺：

壬寅霜降，到老家西南的朱陈村寻访，如今，这个村庄改叫草场村，缘由是，这里曾是明燕王朱棣在附近屯兵时的车马草料场。朱棣的母亲马皇后就出生在附近，他对此地很有感情，不轻易在此动武，只是驻兵看守。朱棣经常来此地山中巡察，曾说：擒贼不成，擒山也。

季节已是霜降，霜染山林。在村头，偶遇一村民，从山上砍柴回来，黝黑的脸庞，朴实憨厚的笑容，像极了从桃花源里走出的人物。打听得知，村民叫武宜远，和我是本家，“宜”字辈分，我则是“以”字辈，他的辈分比我要长好几辈，我应该尊称他为老老老爷子，那喊出来的味道，更像是从很久远的年代走过来的。

朱陈村在山坳里，交通极为不便，唐朝诗人白居易数次来过这个村，当年，白居易的父亲白季庚任彭城令，朱陈村隶属徐州丰县。白居易有诗《朱陈村》，开头几句是：“徐州古丰县，有村曰朱陈。去县百余里，桑麻青氛氲。……县远官事少，山深人俗淳。……家家守村业，头白不出门。”这里，俨然一处世外桃源的景象。

朱陈村与我老家一山之隔，同行的好友刘波曾创作过《朱陈村嫁娶图》，展现当地村民淳朴且自给自足的幸福生活景象。白居易在诗中接着说：“我生礼义乡，少小孤且贫。徒学辨是非，只自取辛勤。世法贵名教，士人重冠婚。”如今，朱陈村村头仍有两棵唐代大槐树，两人方可环抱。村里多是武姓人家，与我同宗，我们来到武家宽老人家里，先生退休前是这个村的小学老师，和我同辈，他送给我一本关于朱陈村来历的书，并详细介绍了村子的故事。

白居易在“朱陈村”诗里最后写道：“平生终日别，逝者隔年闻。朝忧卧至暮，夕哭坐达晨。悲火烧心曲，愁霜侵鬓根。一生苦如此，长羡村中民。”

归乡三首·其二

依旧家乡道，
今朝多圵迤。
解鞍将夜半，
迢递两三词。

诗笺：

淮河以北的民风总是淳朴些，吃罢饭，在村里溜达，老家村南三公里远的麦田地头有口水井，我们称它南甜井。二十世纪九十年代前，全村人烧水做饭吃的都是这口井里的水。村中央还有一口井，我们称它苦井，村里人洗碗、淘菜、洗衣就用这口井里的水。以前，全村人都是靠这两口井里水生活，一代又一代，去井里担水是每家三天两头必须要做的事。井水离地面有五六米深，先用绳系在水桶上，把水桶顺进井底，让桶左晃晃右晃晃倾斜，桶里装满水后，把桶从井里提上来，然后，用扁担把两桶水担回家用。我十岁前都是在老家过的，我也会挑水，因为年龄小，每次只能挑小半桶水。

那口甜水井的井沿是整块石凿成的，石盖周围的道道凹槽都是井绳一次次拉上顺下磨出来的，足有十厘米深，痕迹就是生命的痕迹，人要活着怎能不喝水呢？后来，父亲为家乡争取到了扶贫项目资金，打了机井并建了水塔，全村人开始用上了自来水。再后来，父亲又帮老家修了宽敞的路，路通了，越来越多的人走了出来，走出了那个小山村。

隆冬的皖北大地，青青的麦苗被霜打后，不太精神的样子，就等着过年能下场大雪。那口曾养育我们的甜水井就裸露在麦地中间，早已废弃了，只有那道道深深井绳滑出凹槽的井盖越来越光亮。某一天，也许我会在这个井盖上建一个小亭子，让村民路过此井处也有个歇脚的地方。

归乡三首·其三

昨夜又飘雪，
窗花片片莹。
远方闻犬吠，
冰破可归程。

诗笺：

我是奶奶带大的，到十一岁，该上中学了，父亲以到城里读书为由，让我离开了老家，离别了奶奶，从此后，就越走越远。

奶奶是小脚，就是在她还是小姑娘时被裹脚了，俗称“三寸金莲”，导致后来行走很不便。父亲也曾多次要接奶奶到城市里去住，奶奶就是不肯，她就在老家的那个小山村，哪儿也不去。我小的时候，常坐在奶奶怀里，问奶奶脚疼吗？奶奶说，不疼了，习惯了。多年后，我理解了奶奶，也许是因为小脚不方便的缘故，奶奶才不愿意到城里去住，即使她听周围的人都说，她唯一的儿子当了县城里的大官了，她也不想给任何人添麻烦。奶奶年轻时是大个子，由于被裹足的原因，随着年纪增长，身子越来越佝偻，我记事时，奶奶的腰已经弯得超过九十度了。

奶奶的娘家姓胡，离我们老家步行大约有半天的路程，二十世纪七八十年代，我还没上学的时候，曾跟随奶奶去过两次她的老家胡庄。那时候走亲戚叫接亲，就是对方家要派人来接。记得，那天，奶奶的娘家人是拉着平板车来的，车上有两床被子，一床铺一床盖，平板车后头绑着一条长板凳，坐在车上的人用脚蹬着，不至于下滑。而有钱的大户人家，一般是用马车来接，我还记得，姑姑生第一个孩子时，我爷爷和家族的叔叔大爷们就是赶着三匹马拉的马车去吃喜面的，很是有排场。奶奶的娘家家道一般，没有当年爷爷家的家底殷实。印象最深的是，有一次，我跟随奶奶到她娘家，住了半个月，我还被捂了一头的痱子，后来，额头上还留下一些坑坑洼洼的印记。

听村里人讲，爷爷年轻时脾气大，对奶奶不太好，时有打骂，说是因为奶奶开始生了几个孩子都没能活下来，爷爷为此埋怨奶奶。后来，生了我父亲，就不让父亲喊我奶奶为娘，也不让吃奶奶的奶水，父亲就一直喊我奶奶为“婶婶”，他是我奶奶唯一的儿子。

父亲一直在城里工作，我则在老家从小跟着母亲和奶奶一起生活，母亲是农村的小学民办教师，只管教书，奶奶在家负责做饭，一天三顿，加缝缝补补。我放学回家，一进大院门就高喊：奶奶，我回来了！在那个物质匮乏的年代，奶奶总会想法给我烤红薯或烤玉米之类的，回到家就能吃到，让我先垫一下肚子。我是奶奶最小的孙子，哥哥和姐姐上三四年级就到城里跟随父亲了，我一直赖到了小学毕业，才在父亲的要求下不得不离开老家那个小山村、离开奶奶。我到县城上学第三个年头，奶奶就在老家去世了，我一直很自责，总认为是我没能继续陪着她，让她很无聊而这么快就离开了我们，我一直这样认为的，现在还是。我和母亲离开老家，家里就剩下爷爷奶奶，爷爷还经常外出赶集，奶奶的生活该有多单调呀！

奶奶是很和善很温和的一个人，在老家那个小山村，她从未跟任何人发生过不愉快，我遗传了奶奶温和的性格，却有着爷爷不安分的心。我们走得越来越远，为了自己所谓的理想，也失去了太多太多。

新雪三首·其一

新雪融开又一年，
白驹往事化炊烟。
日斜匆促赶山路，
忽欲留连住两天。

新雪三首·其二

风惊汴水又新年，
雪裹芦花过闵贤。
一滴曹溪车不返，
他曾醉卧大桥边。

诗笺：

闵贤，是皖北的一个小集镇，是我的家乡所在地，二十四孝之“芦衣顺母”的故事就发生在此。闵贤村是个小山村，旁边的古台寺遗址是新石器时代的古遗址，距今有8000年左右的历史。慢慢的，这里人口渐多形成乡镇，后来，又改为村。村西有条小溪叫曹溪，相传闵子骞曾用此地“曹溪一滴”酒来孝敬他的老师。闵子骞是孔子七十二贤之一，以孝名天下。

距闵贤西十里左右，有个村子叫“孝哉闵子骞鞭打芦花车牛返村”，听说是全国村名最长的一个村。村名也是和传统二十四孝之一的“鞭打芦花，芦衣顺母”的故事有关，故事讲的是，在大雪纷飞的寒冬，闵子骞的继母用芦苇絮充当棉花为他做冬衣，而用棉絮给两个亲生儿女做棉衣，小小年纪的闵子骞面对继母对自己的不公，选择了坚忍、受冻，直到闵父有一天用树条抽破闵子骞的冬衣，飞出朵朵苇絮，方才明白这一切。闵父坚决要休掉继母，闵子曰：母在一人单，母去三子寒。

闵子骞的孝，感天动地，被世人传颂。家乡人民为纪念闵子骞，故该地叫闵贤。

新雪三首·其三

轻轻雪片落肩头，
最是时光不可留。
掸拭心中身外事，
借风吹去一年愁。

大 雪

都说北上寒，
未料这般难。
叠叠家书寄，
纷纷飞雪拦。

诗笺：

下雪了，已是腊月。有个词叫寒冬腊月，就是指春节前最冷的三个月，寒月为农历十月，冬月为农历十一月，腊月为农历十二月。

老家的雪不大，零零星星的。往年的这个时候，北方早已是冰天雪地，我曾北漂过七年，是为了工作，即使在北京也买了房子，也从未对北京有过过多的留恋。记得，当得知父亲患有重病，我和哥哥姐姐商量后，决定瞒着父母，从外地回到了他身边工作，能保证每周陪他两天。

父亲是很严厉的人，在我记忆中，未有过与父亲身体的接触，哪怕是牵手都没有过。他病得不能自理的那段时间，我和哥哥轮流给他按摩身体，也算是触碰到了亲人最柔软的地方。父亲偷偷给母亲说，就数我按摩得最认真，不轻不重，正合适。等到父亲真走的那一刻，我们没有太多遗憾了，毕竟，病痛折磨了他三年多。父亲也说，之所以还在坚持，就是想和我们多在一起一段时间。

北方的风雪是真大，南方的风雪还是温柔些。

埇上四季

依依汴水向东行，
竹影扶疏伴鸟鸣。
五柳离离秋已近，
一桥飘雪又峥嵘。

诗笺：

年末，又回到了老家，站在埇桥上。埇桥，是宋庆历年间由时任宿州知州的陈希亮主持建造，是汴河上最早的虹桥，是迄今可考的中国较早的一座大型木拱桥。家乡便以埇桥而设埇桥区。

汴水，流经宿州，隋称通济渠，唐谓广济渠，是隋唐大运河的支系，如今，流经宿州段叫新汴河。古符离就在新汴河的北岸，离离原野上，诗人白居易青少年时期曾在这里生活多年，传说还与当地一位叫湘灵的姑娘互生情愫，这也是年轻人该有的样子。白居易当年居住的东林草堂故址就在城北20华里古苻离东菜园的毓村，唐建中三年，11岁的白居易随徐州做官的父亲白季庚寓居苻离，16岁写下了名扬四海的《赋得古原草送别》:“离离原上草，一岁一枯荣。野火烧不尽，春风吹又生。”如今，汴水依然缓缓流淌，东林草堂已不在。

好在，宿城还保留北门拱辰门的一段城墙，苏轼题写的墨竹碑刻嵌在城楼上的扶疏亭；竹林七贤的嵇康出生地也在离埇桥西南二十公里处，历代许多文人骚客曾留连在五柳山水间的浪漫，那里，犹如皖北大地的一片世外桃源……

一年有四季，总是不变的，对家乡一草一木的热爱也总是深沉的。无论走多远，有一个地方始终是原点，我是埇上人。

癸卯元宵逢雨

十五多逢雨，
霖霖已四更。
新灯等圆月，
也等日初生。

诗笺：

我还想说说爷爷的故事。

爷爷比我大整整六十岁，也就是五旬，我经常会算，如果爷爷还活着，应该多大岁数了？爷爷是我上高中时去世的，至今，我已经不太能记清爷爷的准确模样了，印象深的是，长脸、不胖、个头挺高的。

爷爷家早年是地主家庭，在兄妹中排行老五，人称五爷。当年，家里不说有良田千亩，百十来亩地应该有的。

我记得，小的时候陪着奶奶坐人拉的平板车到二爷爷家走亲戚，二爷爷住在离我们家有六七里地远的一个叫葛村的村子。奶奶跟我说，二爷爷当年是被家族“赶到”这么远的地方去看管那里的几十亩田地的，二爷爷当初是抹着眼泪去的。还听村里的长辈说，家里的大爷爷染上了抽大烟的瘾，败坏了不少田地。除了田地，家族还有好几个山头的山林，我小时候最乐意跟随爷爷一起去巡山，逮野兔、抓野鸡、掏斑鸠窝、采野蘑菇。

爷爷一辈子没下地干过一天农活，我小时候就有些诧异：全村人都要下地干活，爷爷为何从来不干呢？已过了提笼架鹰的年代，总感觉爷爷还真有点游手好闲的意思。爷爷有厨艺，做大席菜是一把好手，十里八村谁家有个红白事，他就会背着做菜的工具包前去帮忙，他们还有一个固定的四五人组成的师傅班组，外面人还很难插手进去。帮乡亲们忙乎完事后，不用给费用的，人家总会给些开酒席剩下的好吃的好喝的，我最喜欢吃爷爷带回来的青红丝糖糕，酸甜酸甜的。爷爷忙着给别人家做酒席，我却从未见过他在家做过一个菜，一次都没有。爷爷还是集市上的牲畜交易员，那个年代，家里的牛、马、骡子都是最重要的生产和生活工具，买和卖是要经过中间人来进行的，就是所谓的“牛行人”。老家闵贤逢集时，我也偶尔会跟随爷爷去看他们如何替别人做牲畜交易的，爷爷说，定价主要看“牙口”，“牙口”好的牛马，身子骨也肯定精壮。集市上的牛马交易结束后，爷爷总会带我去喝羊肉汤或牛肉汤，这是他们交易员的一点福利。在那个物资极度紧缺的时期，爷爷还做些异地商品交换的买卖，因此，他在那个交通不便的年代就去过不少地方。

爷爷最骄傲的，还是把我父亲供上了大学，还是到省城上的安徽大学。父亲也说，我像极了爷爷，人善良、聪明，就是有颗不太安分的心。也许，就是这样一份不安分在作祟，让我喜欢上了诗和远方。

我觉得，写诗词不是靠技巧，也不是靠什么功力，甚至不是靠文化，它是一件心事，是心中那些舍不得丢弃的对人生酸甜苦辣咸的留恋。人是想被人记住的，我记得爷爷，记得父亲，记住了爷爷乐于为乡亲们忙活，也记住了父亲全心为家乡办实事。

很多年以后，如果，我还能有幸被某位后辈偶然谈起的话，我希望，是用“诗人”来标签我，是曾被我说的某一句深深打动过。

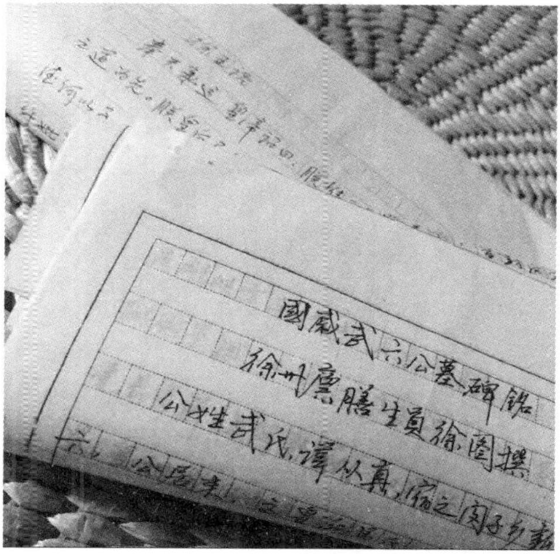

【武钦建（作者父亲）手稿】图为父亲整理闵贤《武氏支谱》并重新考证《徐王诰》《大明徐王庙碑》《国戚武六公墓碑铭》等文稿时的手写资料。